Vater! Mutter!
Was soll ich nur tun? Was hätte ich anders machen können?
Wofür hätte ich mich in jenem Moment entscheiden sollen?

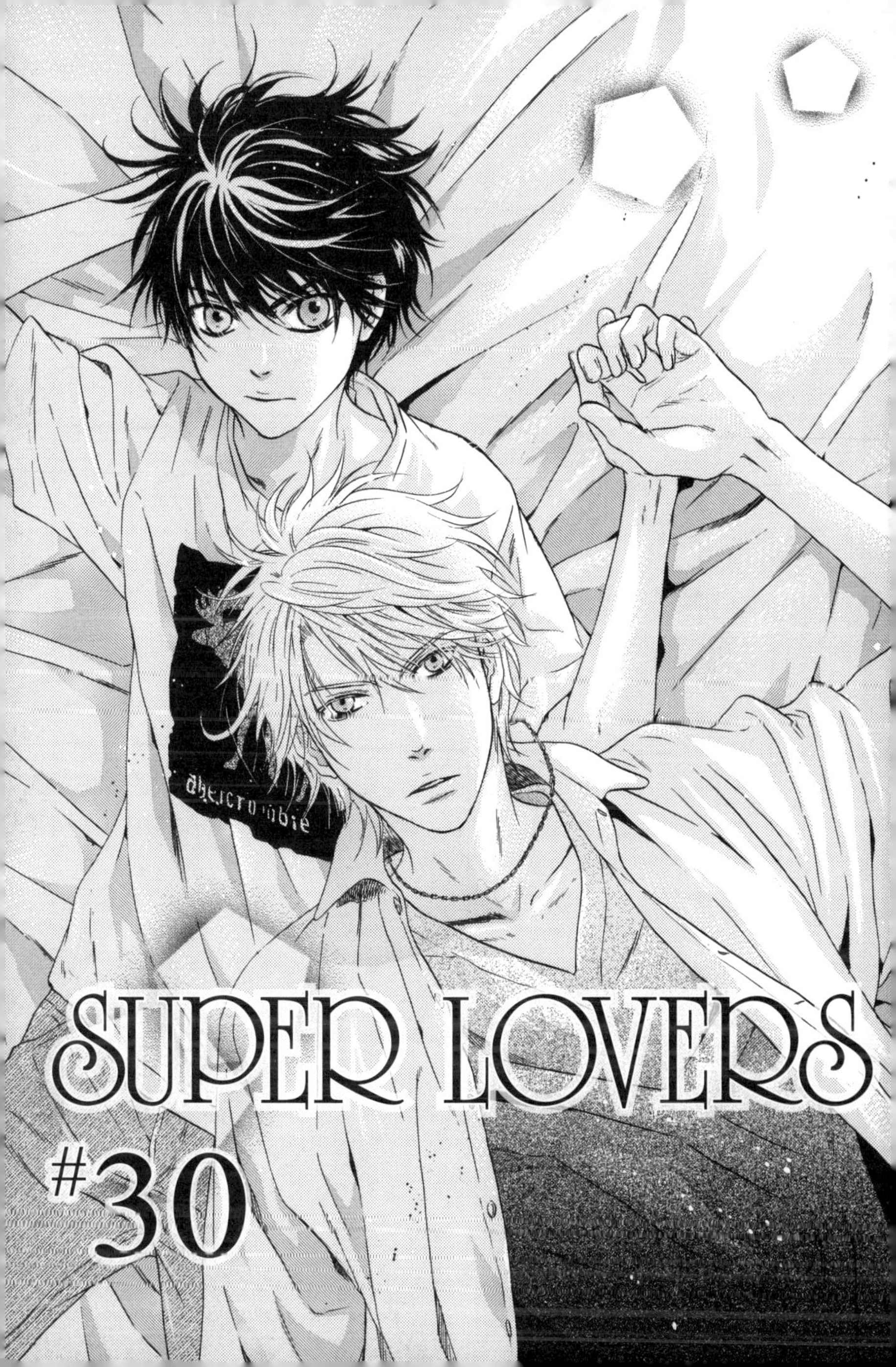
SUPER LOVERS
#30

Medizinisches Versorgungszentrum
Poliklinik
Zirp
Zirp
Seng
Haaach! Kaum ist die Regenzeit vorbei …
… wird es unerträglich heiß.
Der Unfall ist jetzt schon eine Woche her.
Draußen soll es schon über dreißig Grad haben.
Möchtest du was trinken, Tante?
Ich geb dir was aus.
FEEL FOR SENSE
Ja, einen Frappuccino, bitte.
Und nenn mich gefälligst Mikiko.
Wie geht es Haru?
Er ist immer noch nicht wach.
Äußerlich hat er keine Verletzungen und auch CT und MRT waren unauffällig. Eigentlich müsste er längst wieder zu sich gekommen sein.
Oh je.
Vielleicht hätten wir ihn nicht mittendrin hierher verlegen sollen.

Ich glaub nicht, dass es daran liegt.
Der Arzt hier kennt Haru bereits vom letzten Unfall. Er wüsste sofort, was bei Komplikationen zu tun wäre.
Das stimmt wohl.
Dass er es aber auch immer wieder fertigbringt, euch Sorgen zu bereiten.
Diesmal war es nur ein Treppensturz. Im Vergleich zu damals bin ich wesentlich entspannter.
Bald wird er wieder bei Bewusstsein sein.
Hoffe, du hast recht, Aki.
Was macht Ren eigentlich gerade?
Er ist in seinem Zimmer ...
... und weicht nicht von seiner Seite. Fast wie ein Wachhund.

Wieso wachst du nicht auf?
Die Untersuchungen haben doch alle nichts ergeben.
Wäre ich doch selbst gegangen ...
... oder hätte ihn wenigstens begleitet.
Herr Kodaka!
Wie geht es Haru?
Der Arzt ist bei ihm.
Äußerlich ist er unversehrt, aber er ist bewusstlos.

Was ist passiert?
Wir wollten uns treffen, weil ich mein Tablet im Café vergessen hatte …
… aber er kam nicht und reagierte auch nicht auf Anrufe. Da war mir klar, dass etwas passiert sein musste.
Ich fand ihn am Fuß der Treppe.
Er hatte viel getrunken. Er ist wohl im Regen ausgerutscht und gefallen.
Das war vor einer Woche. Wieso wacht er immer noch nicht auf?
Dieser Unfall ist doch halb so ernst wie der vor acht Jahren.

Eine ganze Woche lang habe ich seine Stimme nicht mehr gehört ...
... und auch seine Augen nicht gesehen.
Er ist warm ...
... und atmet.
Haru Kaido
Küss
Knarz
Dass er betrunken von der Treppe fällt, kann man wirklich nur als bescheuert bezeichnen.
Küss
Es ist das erste Mal ...

... dass wir uns so nah sind, aber nicht miteinander reden können.
Blinzel
So sehe ich ihn zum ersten ...
Weil er sonst immer vor mir aufsteht, konnte ich bisher nie so lange sein schlafendes Gesicht betrachten.
Dieser Anblick verunsichert mich. Das ist mir noch nie zuvor passiert.

Ähm ...
... was wird das hier?
...
Ein Glück!
Uff
Hast du Schmerzen? Tut dir was weh?
Nein. Wo bin ich?
In einer Klinik.
Du bist eine Fußgängerbrücke runtergefallen und warst eine Woche lang bewusstlos.
So lang?!
Ich ruf schnell jemanden.

Hey!
Warte! Verrate mir erst mal ...
... wer du bist?
Seng Seng
Seng Seng

Hmmm ...
Ich kann ...
... nichts Auffälliges feststel-len.
Klick
CT und MRT haben auch nichts ergeben.
Viel-leicht sollten **Sie** sich besser mal unter-suchen lassen.
Sie wirken auf einmal ziemlich alt.
Wie bit-te?!
Ganz ruhig.
Seltsam. An Doktor Sawatari er-innert er sich offenbar noch.
Und was ist mit uns?
Weißt du auch, wer ich bin, Haru?
Huch?
Sie sind Herr Mori.
FEEL FOR SENSE

Hört mal, ihr zwei.
Ich hab mir vielleicht den Kopf gestoßen, aber meine geliebten Brüder würde ich doch nicht einfach vergessen.
Tja ...
Weil du ...
... gerade eben einen deiner geliebten Brüder vergessen hast.
Ruck
Was ist?!
Warum zieht ihr alle solche Gesichter?!
?
Was redest du da, Shima? Wir haben doch nur uns drei.
Wen meinst du? Etwa Natsuo?
Der ist doch zurzeit mit seinem Vater auf Hawaii.
Ich hab ihn schon ewig nicht mehr gesehen.
Ist er etwa wieder in Japan?
...
...
FEEL FOR SENSE

Nur zur Vergewisserung.
Haru.
Wie alt bist du gerade?
FEEL FOR SENSE
Hä?
Mein Alter?
Na, 17.
Was?
Wo liegt das Problem?
??
Ernsthaft?

Ach, hier bist du, Ren.
Ich hab schon nach dir gesucht.
Mikiko.
Herr Mori hat mich bereits eingeweiht.
Dieser Unfall macht mich eher sprachlos als besorgt.
Na ja.
Immerhin körperlich scheint er fit zu sein. Wenigstens etwas Gutes.
Die Ärzte sagen, dass sein Gedächtnisschwund nur temporär ist.
Sie behalten ihn nur sicherheitshalber noch etwas hier.
Geh nach Hause und ruh dich etwas aus.
Du bist bestimmt erschöpft, weil du ihn keine Sekunde aus den Augen gelassen hast.
Ich bring dich heim.
Aber ...
Sag nicht, dass du zu Hause nichts zu tun hättest, Ren.
Du solltest dich langsam mal wieder um euren Hund Kümmern.
Herr Onodera kann doch nicht ewig auf ihn aufpassen. Hol ihn wieder ab.
Ach ja ...

Haru läuft schon nicht weg. Komm einfach morgen wieder.
...
Was ist denn los? Was ziehst du für ein Gesicht?
Es ist das zweite Mal.
Gib nicht auf.
Ja, stimmt. Dass jemand ...
... sogar zwei Mal einen Gedächtnisverlust erleidet, passiert normalerweise nur im Film.
Doch wer weiß? Vielleicht kommt es gar nicht so selten vor, wie man denkt.
Beim ersten Mal hatte man mich vorher eingeweiht. Ich war also darauf gefasst.
Selbst als ich ihn nach fünf Jahren wiedersah und er mich nicht erkannte, war ich nicht wirklich schockiert.
Und hör auf, dir Sorgen um ihn zu machen.
Hörst du, Ren?
»Warte! Verrate mir erst mal ...«
Aber dieses Mal ...

»... wer du bist?«
... macht es mich ...
Bamm
... schreck-lich wü-tend!!
Hey, Ren!
Was hat dir die Wasser-melone getan?
Geht das viel-leicht oh-ne Ge-metzel?
Trief
Oh ...

Haru ist also wieder zu sich gekommen?
Freut mich für dich.
Danke.
Du und Ikuyoshi, ihr könnt mir doch nicht einfach eure Haustiere aufzwingen.
Mein Haus ist kein Tierheim.
Tut mir leid.
Wo ist er eigentlich?
Im Laden, denk ich.
Ohne Haru hat das Café zwar mittags zu, aber nachmittags macht es immer noch auf.
Verstehe.
Die Zwillinge wechseln sich mit den Schichten ab ...
... und auch die vom Rotlichtbezirk helfen aus, so weit ich weiß..
Aber dadurch hat sich eure Kundschaft verändert. Die Nachbarn tuscheln schon.
Beeindruckend. Als George bekommt man wohl alles von der Stadt mit.
George?
Idi... ?! Ren!!
Pssst!

Zirp
zirp
Medizinisches Versorgungszentrum
Poliklinik
Zirp
Haru?
Alles okay? Hast du Durst?
Die Ärzte meinten, du darfst alles trinken ...
... was den Magen nicht belastet.
Was ist mit Kaffee?
Ist der okay?
Wenn du dich mit Milchkaffee zufriedengibst.
Danke.
Wo ist Aki?
Der ist schon heim.
Er hilft heute im Café aus. Ikuyoshi schafft es allein nicht.
Was für ein Café?

Du führst mit Kiyoka zusammen ein Café mit einer Bar.
Sie ist dein alter Klassenkamerad.
Was?! Kiyo?!
Ich führ mit dem einen Laden?!
Ja. Mittags ist es dein Café ...
... und nachts wird es zu Kiyokas Bar.
Ein Geschäft mit Kiyo also. Wie seltsam.
Auch, dass ich schon 25 bin und ihr bereits volljährig seid, will mir nicht in den Kopf.
Ich seh, dass ihr tatsächlich gewachsen ...
... und die Ärzte allesamt älter geworden sind.
Kaum wach ich auf, ist es schon wieder schrecklich heiß ...
... und ich hab auf einmal acht Jahre mehr auf dem Buckel. Das macht mich fertig.
Sein Name war damals Seiji Takamori. Erinnerst du dich?
Haru ...
... wie viel von deinem siebzehnten Lebensjahr weißt du noch?
Hmm
Ich weiß, dass ich nach dem Unfall ...
... die Klinik verlassen habe und ins Heim bin.
Aber ab da ist alles schwarz.

Weißt du noch, dass du in dem Sommer Haruko in Kanada besucht hast?
Oh, ne. Da bin ich raus.
Davon weiß ich nichts mehr.
Nur, dass Aki nach dem Unfall ziemlich wütend war.
Damals war er ...
Das war ...
... ein Unfall, Haru. Wir beide wissen, dass es nicht deine Schuld war.
Keine Sorge.
So viel weiß ich noch.
Unsere Eltern sind meinetwegen gestorben.
Ich weiß.
Im Gegensatz zu Aki hast du mir nie Vorwürfe gemacht.

Dann könnte ich einfach um Verzeihung bitten und die Schuld auf mich nehmen.
Ha...
Aber ...
... es wäre mir lieber, wenn du es Aki gleichtun würdest.
Vor mir ...
... sitzt tatsächlich ...
... der siebzehnjährige Haru von damals.

Der ältere Haru hätte so etwas niemals gesagt.
Ah, da fällt mir ein ...
Wer war eigentlich dieser Junge?
Ist er Mittelschüler?
Er wollte mir seinen Namen nicht verraten.
Hat er mir das Leben gerettet ...
... als ich betrunken von der Treppe gefallen bin?
...
Ich bringe Ihn morgen mit.
?
Du sagst mir auch nicht, wie er heißt?
Nein.
...

Nanu? Wo ist Ren?
Der pennt schon längst.
Immerhin hat er eine Woche lang in der Klinik übernachtet.
Respekt, dass er so lange durchgehalten hat.
Kannst du ihn morgen mit ins Krankenhaus nehmen?
Dein Ernst?
Ne, keine Lust.
Wie willst du erklären, dass er unser Jüngster ist?
Warum nicht einfach so, wie es uns Haru damals erklärt hat?
Na ja, meinetwegen ...
... aber wie erklärst du die andere Sache?
Was meinst du?
Na, dass Haru Ren gehört!
Das spielt ...
... in dem Zusammenhang erst mal keine Rolle.
Okay, sprich ...
... den Punkt lasse ich also getrost aus?

Die zwei haben, was das angeht, doch eh gemacht, was sie woll-ten.
Tja.
Stimmt auch wieder.

Also noch mal.
Spitz deine Ohren, Haru.
Das ist unser jüngster Bruder, Ren. Er ist ...
... in Kanada aufgewachsen und Oberschüler.
Hä?
Bitte was?!
Wie?! Seit wann?! Die Rechnung geht doch gar nicht auf!
Etwa ein uneheliches Kind von unserem Vater?
Nein, adoptiert.
Ich bin nicht mit den Kaidos verwandt.
Du wurdest adoptiert ...?
Klingelt da nichts?
Eine Nacht reicht wohl nicht, um sich an alles zu erinnern.
Wirklich? Aber ... seit wann?
Du bist extra nach Kanada geflogen, um ihn herzuholen. Zurück kamst du dann vorletztes Jahr im Herbst.
Wir wohnen übrigens seit letztem Frühling zu viert zusammen.
Was?! Nach Kanada?!
Da bin ich wieder hingeflogen?

Frag Ren, wenn du Näheres wissen willst.
Bis dann, Haru.
Hey! Wohin gehst du?!
Ich muss arbeiten.
Hab mich schon eine Woche lang nicht blicken lassen.
Aki?!
Stille
I... Ich soll noch einen ...
... kleinen Bruder haben?!
Meinen Eltern traue ich das zu, aber es kommt so plötzlich!
Ein Adoptivkind aus Kanada?
Was haben sich die beiden dabei gedacht?!
Natsuo hätte ich noch verstanden, aber warum ein fremdes Kind?!
Haru.

Wie?
Was ist?!
Wenn du dich nicht erinnern kannst, musst du mich nicht als deinen kleinen Bruder akzeptieren.
Hä?
Das wäre verlorene Liebesmüh.
Ich war auch nicht einfach nur ein Bruder für dich.
Aber das spielt keine Rolle mehr. Du hast ja alles vergessen.
Wie soll ich das verstehen …?
Natürlich sollte ich dich als meinen Bruder akzeptieren. Meine Eltern haben dich doch adoptiert.
Wieso nicht?
Wenn ich dich als meinen kleinen Bruder aus Kanada abgeholt habe …
… hat das doch sehr wohl was mit meinen Eltern zu tun?
Nein.
Überhaupt bin ich nur deinetwegen noch in Japan.
Wir haben uns damals etwas versprochen.
Deine Eltern haben damit nichts zu tun.

Du allein …
… wolltest mich nach Japan holen.
Nur darum bin ich hier.
Was zum …?!
Grmpf
Außerdem wollte ich dir sagen …
… dass man schon ziemlich bescheuert sein muss, um betrunken von der Treppe zu fallen …
Was zum …?!
… und sein Gedächtnis zu verlieren. Wie bekommt man es hin, gleich zwei Mal im Leben Amnesie zu haben?
Was zum …?!
Der ist doch …
Und jetzt denkst du auch noch, du wärst siebzehn, obwohl du längst fünfundzwanzig bist?!

Wie dumm ...
... kann man eigentlich sein?!
Was für ein ... Rotzbengel!!!
Krrrr
Puh!

Du meine Güte!
Vor den beiden liegt noch ein steiniger Weg.
Hey!
Wenn Sie das so sagen, mach ich mir wirklich Sorgen.
Ich hatte noch nie einen Patienten, der sein Gedächtnis zwei Mal verloren hat ...
... und hier braucht man einfach Fingerspitzengefühl.
Wenn jeder Mensch so einfach gestrickt wäre, bräuchte man keine Psychologen wie Sie.
Da ist was dran.
Der wiederholte Gedächtnisverlust lässt vermuten ...
... dass eventuell eine andere Ursache dahintersteckt.
Zum Beispiel?
Menschen wie Haru neigen dazu ...
... sich unbewusst selbst zu hypnotisieren.
Was man sich einst nur eingeredet hat, wird dann plötzlich wahr. Verrückt, oder?
?
Und weiter? Das kann doch auch einen positiven Effekt auf die Persönlichkeit haben.
Die Betonung liegt aber auf dem »kann«.
Bei Haru ist es leider nicht so einfach.

Das Wichtigste für ihn ist die Familie, richtig?
Vermutlich war das der erste Ort, an dem er das für Menschen überlebenswichtige Gefühl ...
... gebraucht zu werden verspürt hat.
Stimmt, bei Haruko hat er sich bestimmt nicht so gefühlt.
Stellen Sie sich jetzt also vor, dass diese Familie seinetwegen kaputtgegangen ist.
Was, wenn er sich selbst dafür die Schuld gibt?
Dann bleibt ihm nur noch ...
... alles zu vergessen, oder das entstandene Loch mit etwas anderem zu füllen.

Ich tue jetzt so, als hätten Sie nichts gesagt.
Ha ha ha, stimmt. Ist besser so. ♡
Ich weiß, dass Sie vertrauenswürdig sind. Da ist mir das irgendwie herausgerutscht.
Ich hoffe nur, dass Ren in Harus Nähe bleibt.
Egal, ob sie sich dabei jeden Tag in die Haare bekommen.
Das wird er. Wenn einer …
… in Harus Nähe bleibt, dann er.
Medizinisches Versorgungszentrum
Poliklinik
Hi hi hi Ha ha ha
きゃあきゃあ
Hey, wisst ihr schon?! ♥
Da liegt ein heißer Kerl im Einzelzimmer. ♥
Das nächste Mal möchte ich nach ihm schauen!
Es ist, als ob der Albtraum von vor acht Jahren wieder zum Leben erwacht.

Aki und Shima haben viel zu tun ...
Grmpf
Du schon wieder.
... weil ein gewisser Jemand zu nichts zu gebrauchen ist.
Wie bitte?!
Willst du Stress?!
Hey!
Ganz ruhig.
Ich bekomme Kopfschmerzen von den ganzen schwärmenden jungen Krankenschwestern ...
... und dem Gezanke zwischen euch Brüdern. Das ist einfach zu viel.
Der Rotzbengel hier ...
... ist auf keinen Fall mein kleiner Bruder.
Ich sehe, Sie sind wieder ganz fit? Dann kann ich das Einzelzimmer ja freigeben.
Wenn Herr Doktor Mori sein Okay gibt, können Sie nach Hause.
Vergessen Sie aber nicht, Behandlungstermine mit ihm zu vereinbaren.

Das heißt, Haru darf das Krankenhaus verlassen?
Ganz genau.
Ich hole schnell Doktor Mori.
Wenn du gehen darfst, muss ich Mikiko Bescheid geben.
Sie macht den ganzen Papierkram.
Hey!
Murmel
?
Haru?
Murmel
Welches Zuhause?
Wohin soll ich denn bitte nach Hause gehen?

Total kindisch.
Stech
Ugh!
Wieso muss ich mich von einem Kind kindisch nennen lassen?
Du hast doch ein richtiges Zuhause.
Eines, das dir gefällt und das du dir selbst ausgesucht hast.
Es hat einen Park nebenan und auf dem Grundstück steht ein großer Kirschbaum.
Der Garten ist in der Pflege etwas lästig ...
... aber es hat etwas von Harukos Haus in Kanada. Ein kleiner Hund ...
... und die Zwillinge warten dort auf dich.
Das ist dein jetziges Zuhause.
Ich kann nicht glauben ...

... dass mich diese Worte aus seinem Mund so aufatmen lassen.
Ob du gehen darfst?
Warum nicht?
Deine gewohnte Umgebung hilft bei der Genesung.
Bitte sorg dafür, dass er alle drei Tage zu mir in die Sitzung kommt, Ren.
Was?!
Mach ich.
Warum steh ich denn unter seiner Aufsicht?!
Warum, fragst du?
Na, weil du nicht kommen würdest, selbst wenn wir einen Termin vereinbaren würden.
Ugh
Ach ja, Ren.
Mikiko sagte, sie komme gleich.
Ich werde euch ein Taxi rufen.
Zieh dich um, Haru. Und trenn die Schmutzwäsche ...
... von den frischen Sachen.
Wie interessant! ♥
Na so was, Sie haben ...
... komplett die Rollen getauscht.
Du bist echt lästig!

So gesehen sind Haru mit seinen gedanklichen siebzehn Jahren ...
... und Ren momentan gleich alt.
Womöglich ist Ren jetzt sogar reifer als Haru.
Sobald er die Rolle ...
... des großen Bruders ablegt, wird er immer etwas kindlicher.
Diese beiden sind wie zwei Parallelen, die sich nie überschneiden können.
Sie gehen zwar in unterschiedliche Richtungen, aber ihre Gefühle füreinander sind gleich. Das macht es nicht gerade einfacher.
Was mich aber wirklich beschäftigt, ist die Frage ...
... warum Haru ausgerechnet nach acht Jahren ...
... die Erinnerung an Ren gelöscht hat.

Ähm
Bin wohl wieder zu Hause.

Hur-raaa! ♡
Bwamm
Uwah!
Haru ist wieder daaaa! ♡
? ?
Das ist Ikuyoshi Sasaki.
Ihr arbeitet seit deiner Host-Zeit zusammen.
Schön, dass du wieder da bist!
Tut uns leid, Iku-yoshi.
Harus Er-innerungen sind gerade nicht ganz …
Ach, kein Problem!
Er konnte sich noch nie Männer-gesichter merken.
Ist okay, dass du ein Depp bist!
So ein Theater! Haru hatte schon immer nicht alle Tassen im Schrank!
Wozu es extra mit Gedächtnisver-lust betiteln? Was hohl ist, bleibt hohl!
Weißt du eigentlich, wie viel Arbeit wir durch dei-ne Abwesen-heit hatten?
Ah!
Bist du das, Kiyo?

Wow!
Du hast dich seit der Oberschule nicht verändert.
Und ob ich das habe! Bist du blind?!
Das hast du mir damals, als wir uns nach Jahren wiedergesehen haben, auch schon gesagt!
Alles okay, Ren?
Du bist sicher müde.
Nein.
Kann ich was helfen?
Nein, wir machen bald zu.
Kannst du dich um Haru kümmern, bis Aki wieder zurückkommt?
Er besorgt gerade unser Abendessen.
Mach ich.
...
Ich geh die Wäsche machen.
Mach keinen Blödsinn, Haru.
Tatsächlich.
Das Haus hat eine gewisse Ähnlichkeit mit dem in Kanada.
.....

Nun ja.
Vielleicht liegt es daran, dass das Haus von Haruko ...
... von einem Japaner entworfen wurde?
Hey, wieso kennst du dich ...
... so mit ihrem Haus aus?
In der langen Zeit sind noch viele andere Dinge passiert, die du vergessen hast.
Ich habe seit meinem achten Lebensjahr fünf Jahre bei ihr gelebt.
Dann kamst du für ein halbes Jahr dazu.
Wie wärs, wenn du mal versuchst, dich ohne unsere Hilfe an ein paar Sachen zu erinnern?
Er ...

... ist echt ein Rotzbengel!!
Dein Zimmer ist neben der Küche.
Leg dich hin, bis Aki wieder zu Hause ist.
Er lächelt kein bisschen.
So ein unsympathisches Kind.
Zählt man als Oberschüler überhaupt noch als Kind?
Nanu?
Moff
Und wieso hat er überhaupt mit Haruko zusammengelebt?
Hm?

Was ist das denn für ein Wollknäuel?
Jetzt bin ich glatt draufgetreten.
Hab uns Essen besorgt.
Oh, Haru!
Schön, dass du wieder da bist.
Ah, das ist Tanuki. Pass besser auf.
Damit du ihn nicht erwischst.
E... Ein Tanuki?!
Im Sommer mag er es kühl und klebt fast schon am Boden.
Diese Fellkugel?
Nein, er heißt nur so.
Aber anfangs haben wir auch geglaubt, dass er ein Tanuki ist.
Kein Witz!
Gääääähn
Ach so, ein Hund!
Verstehe.
Du hast bestimmt die Nase voll von Krankenhauskost.
Ich hab Hackfleisch und Schnitzel gekauft!
Ta
daaah
Oh ja, das stimmt.
Du liebst Fleisch noch genauso wie früher. Wie schön!

Uff
Hm
Offenbar erinnert sich mein Körper wirklich an dieses Haus.
Ich fühl mich wohler als im Krankenzimmer. Auch der Geruch ist wider Erwarten angenehm.
Nur, dass ich fünfundzwanzig sein soll, will einfach nicht in mein Hirn.
Ugh
Fünfundzwanzig! Das bedeutet, ich muss ab morgen wieder arbeiten.

Wer soll arbeiten?
Du etwa?
Wapp
Du erinnerst dich weder an die Rezepte noch an die Stammkunden.
Du hast das Krankenhaus doch erst verlassen. Schon dich lieber noch etwas.
Hey?
Was wird das, wenn's fertig ist?
Das hier ist nun mal auch mein Schlafplatz.
Aber mein Zimmer!
Das ist korrekt.
Hä?!
Willst du etwa in meinem Bett schlafen?
Ja.
Das ist doch komisch!
Lass das nicht den Haru von vor acht Jahren hören.

Vor acht Jahren? Was war vor acht Jahren?
Habe ich etwa schon so lange seltsame Vorlieben?
Du warst immer schon komisch. Ob das an deinen Vorlieben liegt, weiß ich nicht.
A... Aber wenn ich die Wahl habe, möchte ich lieber mit einer hübschen Frau im Bett liegen.
Ach ja?
Gut ... Wenn du unbedingt hier schlafen willst, kann ich auch ins Wohnzimmer gehen.
Ich sagte doch ...
... dass ich nicht vorhabe, nur dein kleiner Bruder zu sein.
Du warst es, der mich nach Japan geholt hat ...
... und der mit mir leben wollte.

Du hast mir erlaubt, hier mit dir zu schlafen ...
... weil du nicht allein schlafen willst.
Wovon zum Teufel ...
... redet dieser Junge?
Er faselt die ganze Zeit nur seltsames Zeug.
...
Ich wollte freiwillig mit diesem griesgrämigen, vorlauten Rotzbengel zusammenleben?
Sag mal ...
Bist du etwa schwul?
Das weiß ich nicht, aber ich liebe dich.
Aha?
Auch im sexuellen Sinne.
Ich hab zwar keine Vorurteile, aber da bin ich raus, okay?

Wieso nicht? Probier es ...
... doch einfach mal aus, wenn du wirklich keine Vorurteile hast.
Was redet der da?
Der hat sie doch nicht mehr alle!
Er ist doch ein Kerl. Noch dazu vorlaut und mürrisch.
Er ist weder süß noch heiß. Ein Kind eben.

Ich werd ...
Hmpf
Hngh
... aus dem echt nicht schlau!
SUPER LOVERS #30 ● Ende

SUPER LOVERS #31
Probier es doch einfach mal aus ...
Was ...
... redet der da?
Wie soll ich einfach mein Alter und dass das vor mir ...
... mein kleiner Bruder sein soll, akzeptieren?
Ich erinnere mich nicht daran.
Ich hatte doch noch nie irgendwas mit Kerlen.

Was zum Henker ...
... mache ich hier also?

SUPER LOVERS
#31

Tschilp
Tschilp
Tschilp
...
Haru?
Was machst du denn so früh hier im Wohnzimmer?
Ich konnte einfach nicht schlafen.
Wie willst du dich auf einem Sofa erholen?
Schlaf im Bett. Ren macht sich sonst Sorgen.
Der und Sorgen?!
Der ist doch der Grund dafür, dass ich nicht schlafen kann.
Ah
So ist das.

Im Prinzip spiegelt Ren gerade nur dein Verhal-ten wider, Haru.
?
Haru?
D... D... Du weißt es?!
Seit wann bin ich schon so?
Even-tuell?
Mal über-legen ...
Ich glaube, seitdem du mir Ren vor-gestellt hast.
Das ist ein Witz, oder?! Das sagst du doch jetzt nur so.

Was soll dieser Lärm so früh am Morgen?
Aki?
Wump
Und noch was.
Vielleicht hast du es vergessen …
… aber Fakt ist, dass du für Ren verantwortlich bist.
Du bist schließlich unser Ältester.
Kannst du den Recycling-Müll raus-stellen?
Das wirst du wohl noch schaffen, Haru.
Und was erwartet ihr jetzt von mir?
Sei wie du bist.
Ren ist kein Kleinkind mehr.
Wenn du geistig siebzehn bist, passt das doch.
Dann seid ihr gleich alt.
So in etwa.
Auch wenn sich Ren reifer verhält als du.
Bitte was?!
Aki! Sag das noch mal!
Oh
Ren.

Sorry.
Haben wir dich etwa geweckt?
Schon in Ordnung.
Du und Aki fangt gleich mit den Vorbereitungen an, oder?
Dann kümmere ich mich ums Frühstück.
Nein, ich wollte fragen ...
... ob du Ren beim Frühstück hilfst?
Schau im Laden vorbei, wenn dir danach ist.
Das wäre echt super, Ren.
Haru ...
Ja, ja
Ich helfe im Café aus.

Ich erinnere mich noch an Aki und Shima als Mittelschüler.
Aber auf einmal sind sie Studenten ...
... und älter als ich.
Dabei wollte ich doch auf sie aufpassen, bis sie erwachsen sind.
Haru.
Was machst du da?
Hm? Na ja?
Ich dachte, wir hätten einen Gasherd.
Als wir hergezogen sind, hast du auf Induktion umgestellt.
Was?!
Ich zeig dir später, wie das geht.
Tut mir leid. Aber kannst du dich solange bitte um Tanuki kümmern?

Das soll mein neuer kleiner Bruder sein? Einer, der kaum Emotionen zeigt ...
Äh, klaro?
Kann ich machen.
... und bei dem von Freundlichkeit jede Spur fehlt?
Wobei ...
Wenn ich an gestern zurückdenke ...
... scheint er nicht ganz so emotionslos zu sein.
Küss
...
Ha...
...
Haru ...
Zitter

Wapp
...!!!
Haru?
Haru?!
Haru!!

Und mich Dummkopf hat sein Blick so durcheinandergebracht ...
Das war echt verflixt knapp!
... dass ich einfach die Flucht ergriffen hab.
Fast wäre ich darauf eingegangen!
Knabber
Knabber
Wo bleibt denn mein Futter?...
Und dann sagt er einfach, ich solle es probieren. Wie weit wollte er gehen?
Ich bin nicht schwul. Aber beinahe hätte er mich gehabt.
Mein 25-jähriges Ich hatte sie doch nicht mehr alle!
I... Ich will gar nicht wissen, was gestern passiert wäre, wenn wir es durchgezogen hätten!
Haru?
Haru!
Alles in Ordnung?

Ja, alles gut.
Ich kümmere mich schon ums Frühstück.
Leg du dich am besten wieder hin.
Komm! Ich helf dir auf.
...
Seine liebevolle Hand.
... an ...
Sein süßer Duft.
Fass mich nicht an!
Aber was mich am allermeisten stört ...
Haru?

Dieser Blick!
Blick?
Wieso schaust du mich so an?!
Hör auf mich so begierig anzustar-ren!
... ist dass er viel zu direkt ist ...
... was mich dazu provo-ziert ...

Das ist so ab-artig!!
... ihm richtig wehzu-tun.

* Urashima Taro wird für die Rettung einer Schildkröte belohnt und in ein Unterwasserschloss eingeladen. Doch als er wieder an Land geht, sind 100 Jahre vergangen.

Klack
Setz dich nur nicht unter Druck.
Deine Brüder geben sich alle normal, oder?
Das schon.
Aki und Shima brauchen kaum noch meine Hilfe. Das wirft mich irgendwie aus der Bahn.
Na ja, beide sind schon Studenten.
Und sie waren bereits damals recht selbstständig.
Wie geht es Ren?
Es ist nett von ihm, dass er meiner Bitte nachkommt und dich zu deinen Terminen herbringt.
Mh
Ich ...
... komm mit ihm nicht wirklich klar.
Wieso nicht?
Ihr zwei wirkt selbst auf Außenstehende wie Pech und Schwefel.
Das trifft vielleicht auf mein altes Ich zu.
Doch jetzt komme ich mit ihm nicht zurecht.
Er ist stoisch, schwer zu durchschauen und wir reden kaum miteinander.
In letzter Zeit sehen wir uns auch so gut wie nicht.

Aha?
Das heißt wohl ...
... dass Ren dich nicht mehr aus-stehen kann.
Stech
Sie sind für einen Thera-peuten echt gemein, Herr Mori.
Das stimmt wohl. Tut mir leid. ♡
Wenn je-mand wie du vor mir sitzt, möchte ich ihn irgendwie ärgern. ♡
Hö-ren Sie mal!
M... Moment mal!!
Stech
Wie-so soll es auf einmal umge-kehrt sein?
Und warum tut mir das weh, gesagt zu bekommen, dass Ren mich nicht mehr leiden kann.
Das sollte nur ein Scherz sein.
Stech
Stech
Mein armes Herz!
Na ja. Wenn du ...
... einmal ent-schieden hast, dass jemand dir nicht grün ist, gibst du denje-nigen einfach auf.
Aber in dem Fall tut mir Ren wirklich leid.

Was wissen Sie über ihn ...
... um das beurteilen zu können, Herr Mori?
Mir tut es auch leid, dass er seine Eltern nicht kennt ...
... und wenn ich ihn angeblich aus Kanada hergebracht habe, dann trage ich wohl für ihn die Verantwortung.
Ups!
Dieser Blick.
Voll ins Fettnäpfchen!
Aber darf mein jetziges Ich nicht entscheiden, was es darüber denkt?
Außerdem ...
... können Sie mir nicht erzählen, dass Sie alles über ihn wissen.

Ich glaube nicht ...
... dass er sich selbst als jemand Bemit-leidenswer-ten sieht.
Klonk
Ganz wie ...
... der Haru von vor acht Jahren.
Er erscheint einem immer so einsichtig, aber ab und an haut er Sachen raus, die einen sprach-los machen.
Sein Aussehen und seine Intelligenz verleihen dem Gan-zen noch mal Nach-druck.
Der sieb-zehn-jährige Haru Kaido.
Hmm ...
Das nächste Mal frage ich Ken, ob er sich dazu-setzt.

Da fällt mir ein, dass Haru ...
... Ren kein einziges Mal beim Namen genannt hat.
Ich frage mich ernsthaft ...
... wieso er seine Erinnerungen so seltsam selektiv verloren hat.
Bin fertig.
Schon?
Das ging aber fix.
Ich zahl nur kurz die Rechnung.
Wegschau
Warte hier solange auf mich.
...
Ich erinnere mich an nichts. Wozu also ...
... so viel Zeit vergeuden?
Verstehe.
Ist das nächste Gespräch wieder in drei Tagen?
Ich hab gefragt ...
... ob in einer Woche reicht. Ich muss im Café mehr helfen.
Das nächste Mal sollst du dazukommen.
?
Kann ich machen.

Alles klar.
Seit meinem Ausraster reden wir nur noch über das Nötigste.
Auch in mein Schlafzimmer kommt er nicht mehr, geschweige denn, dass er das Thema anspricht.
Ob-wohl wir ...
... unter ein und demselben Dach leben, habe ich nicht das Gefühl, ihm häufig zu begegnen.
...

Mo-ment mal!
Äh ... Meidet er mich etwa?!
Schock
Schock
Schock
Kommt mir das nicht ge-legen?
Das schockt mich ganz und gar nicht!
Dieser Blick!
Das ist so abar-tig!!
Ver-stehe. Tut mir leid.
Ich hätte schwören können, dass er mir Kon-tra gibt.
Aber dass er sich ent-schul-digt?
Er hat doch nichts falsch ge-macht!
Natsu?
Hey, du bist doch Natsu, oder?
...?

Wusste ich es doch!
Schön dich hier zu sehen.
So ein Zufall!
Ähm, und Sie sind?
Oder hast du mich etwa vergessen, weil ich nur eine einfache Kundin war?
Ich hab immer gedacht, wir sind auf der gleichen Wellenlänge.
Ach ja.
Natsu war nur dein Name als Host.
Oh, tut mir leid.
Hatte ganz vergessen, dass ich ein Host war.
Ich hab mir vor Kurzem den Kopf gestoßen, weswegen meine Erinnerungen an die letzten acht Jahre weg sind.
Deshalb bin ich gerade Stammgast hier in der Klinik.
Oh nein!
Das tut mir leid. Wie taktlos von mir.

Ich dachte, du besuchst hier jemanden, so wie ich.
Bist du schwer verletzt?
Zum Glück waren es nur ein paar Kratzer.
Aber mein Gedächtnis hat ziemlich darunter gelitten. Also tut mir leid, dass ich Sie nicht wiedererkenne.
Das ist schon okay.
Auch wenn es nur über deine Arbeit war, haben wir uns gut verstanden.
Wir haben oft über unsere Familien gesprochen.
Besonders die Geschichten über deinen jüngsten Bruder waren amüsant.
Vielleicht ist es Schicksal, dass wir uns hier begegnet sind.
Findest du nicht?
Wir können gerne wieder reden.
Vielleicht hilft es ja deiner Erinnerung auf die Sprünge.
Ruf mich doch unter dieser Nummer an.
Was? Aber …

Wir waren uns so ähnlich. Auch darin ...
... dass die Familie für uns zuerst kommt. Das ändert sich wohl nie.
Vielleicht weiß ich jetzt sogar mehr über deinen Jüngsten als du selbst.
Also dann. Mach's gut.
Mo...
Was hat sich mein altes Ich nur dabei gedacht?!
Ich hab sogar ...
... vor Kunden über ihn gesprochen?!
...
Frau Asakura?
Ayumi Asakura
090-8XXX-2XXX
Da klingelt gar nichts.
Ich wär so weit, Haru.
Lass uns gehen.
Ich komme!
Hey!
Essen wir was, bevor wir heimgehen?
Ich geb auch was aus!
Das musst du doch nicht.
Kein Ding! Am Geld soll's nicht liegen.
Darum geht es mir nicht.

Du musst nicht versu-chen, mich bei Laune zu halten ...
... wenn ich dir eh ein Dorn im Auge bin.
Heißt das etwa ...
... dass ich dir egal bin, weil ich mich nicht mehr an dich erinnere?

Ding dong
Katschack
Ja, bitte?
Ach, du bist es nur.
Na-tsuo?
Du hier?
Willst du zu Herrn Takamura?
Ihm geht es im Moment nicht so gut.
?
Ah!
Ren?
...
Alles in Ordnung?
Na ja.
Ich muss zwar während der Ferien nicht in die Schule, aber dafür ...
... sind mein Job und die Arbeit in der Klinik momentan echt stressig.
Infusion
Kühlpflaster
Ach so.

* Kleine, mit Gemüse oder Fleisch gefüllte Teigtaschen.

Von Herrn Kodaka?
Na ja, die Handynummer habe ich ...
Oh!
Was ist?
Herr Kodaka ist gerade in Seattle.
Er ist verreist?
Wann kommt er wieder zurück?
Tja, weiß nicht.
Er war zwar um Haru besorgt, aber weil sein ehemaliger Dozent, dem er einiges zu verdanken hat, schwer erkrankt ist, ist er überstürzt abgereist.
Verstehe.
Da kann man wohl nichts machen.
Oh! Geht es etwa um besagte Hypnose ...
... um Erinnerungen zurückzuholen?
Genau.
Ich wollte, dass er es mal an Haru ausprobiert.
Mhh, wirklich schade.
Ich hoffe, er kommt schnell wieder nach Japan.

Ich verstehe, dass du dir Sorgen machst, aber überlass das lieber einem Fachmann.
Das Gehirn ist komplex, genauso wie Gefühle.
Dass er sich nicht erinnern kann, obwohl mit dem Gehirn alles in Ordnung ist, hat vielleicht eine andere Ursache.
Eine andere ...
... Ursache?
Womöglich ist der Unfall in seinem Kopf direkt mit dir gekoppelt.
Wenn er an eure erste Begegnung denkt, muss er automatisch auch an den Unfall denken.
Dabei liegt der Fokus vielleicht mehr auf dem, was er verloren ...
... und nicht auf dem, was er gewonnen hat. Immerhin sind seine eigenen Eltern vor seinen Augen umgekommen.

?
Was ist das?
Dein Handy.
Das Display war nach deinem Sturz gebrochen. Also hab ich es reparieren lassen.
Es soll noch eins a funktionieren.
Und wie benutzt man das?
Wahnsinn!
Ach ja, Smartphones sind neu für ihn.
Du kannst später Ren fragen.
Er wollte heute zu Herrn Takamura gehen.
Weißt du deine PIN?
Meine PIN?
Hier, Haru!
Klonk
Zum Entsperren.
Ohne die wirst du es bei einem Neustart nicht benutzen können.
Hier.
Hmm
Ich kenn mich. Bestimmt hab ich die Nummer meiner EC-Karte verwendet.

Vielleicht dann das?
Oder auch nicht.
Auch nicht.
Hä ... Und das auch nicht!
Die will er auch nicht!
Wäre es nicht schneller, es über den PC zu formatieren?
Wieso klappt das nicht?!
Bist du immer noch dran, Haru?
Bin wieder da.
Katschack
Hallo Ren.
Uuugh!
Was ist das hier für ein Krach?
?
Harus Handy ...
... ist wieder ganz, aber wir kennen die PIN nicht.
Vielleicht das?!
Nein, auch nicht!
Haru! Gib mir ...
... dein Handy.
Hä?!
Als ob du die Nummer kennst.
Ach so?
Tu ich.

Hier!
Damit sollte es wieder gehen.
Wie?!
Echt jetzt?
Ich notier die PIN später und geb sie dir.
Nicht schlecht, Ren.
H...
Hey!
Woher kennst du meine PIN?!
Hast du etwa heimlich geguckt?!
Hab ich gar nicht.
Wir benutzen dieselbe PIN.
Dieselbe?!
Wieso das denn?! Wo ist da der Sinn einer PIN?
Du wolltest es so.
Nicht ich.
Ich?!

Wir hatten nichts voreinander zu verbergen.
Es war dir wichtig, dass ich sie für den Fall, dass dir etwas passieren sollte, kenne.
Aber ...
... das gilt nur für mein altes Ich.
Wieso ...
Ich weiß.
... bin ich so sauer? Es ekelt mich an ...
Und da habe ich dieselbe genommen.
Das haben wir gemeinsam entschieden.
Wenn es dir unangenehm ist, kannst du sie ruhig ändern.
... dass mein altes Ich Dinge gesagt hat, die den Eindruck erweckten, dass wir ein Paar wären ...

... und dass er es ...
... wie selbstverständlich akzeptiert hat.
Hier ...
... deine PIN.
Du kannst die Zwillinge fragen, wie man sie ändert.
Tut mir leid.
Wieso ...
... entschuldigst du dich?
Ich hatte Aki und Shima nicht eingeweiht.
Deshalb.
Haru.
Er ...

Tut mir leid, falls das unangenehm für dich ist.
... schaut mir überhaupt nicht mehr in die Augen.

Na, was haben wir denn da?
Zu viert bekommt man euch selten zu Gesicht. Komm doch mal aus der Küche, Haru!
Hörst du?
Ähm, Kiyoka …
… ich bin auch noch da.
Alle Kaido-Brüder versammelt, wie schön!
Halt die Klappe, Kiyo!
Ich hab alle Hände voll damit zu tun, die Rezepte zu lernen!
White Fang Rezepte
Ihr kommt draußen auch ohne mich klar!
Sei doch nicht so!
Stimmt es, dass sich Haru wieder verletzt hat?
Er war in der Klinik, oder?
Die ganze Nachbarschaft war krank vor Sorge.
Ach, dem geht's schon wieder gut.
Er hat nur teilweisen Gedächtnisverlust. Deshalb wird es vorerst kein Mittag geben.
Macht nichts. ♡
Stattdessen sehen wir doch alle Kaido-Brüder.
Und ich?

Klasse, dass Ren im Café aushilft. Und dieser Duft ...
... nach gerösteten Kaffeebohnen. Mmh ♡
Möchten Sie noch eine Tasse?
Aber gern! ♡
Du röstest sie in einem Sieb? So viel Geduld hab ich dir gar nicht zugetraut.
Oha!
Krsl Krsl
Du siehst nicht nur wie eine Hexe aus, sondern bist auch eine, Kiyoka.
Ren.
Musst du nicht langsam Tanuki abholen?
Ich kann gerade nicht weg.
Krtsl
Ah, Tanuki ist beim Hundefriseur.
Dann schick Haru los ...
... und mal ihm die Adresse auf.
Karaoke
Karaoke

Ooh!♡ Tanuki!
Du wurdest von deinem Wollknäuel befreit! ♡
Jetzt siehst du aus wie ein Bärchen! ♡
Aber ein fettes Bärchen.
Grr
Zuck
Tanuki hat sich beim Trimmen überhaupt nicht bewegt. Ich hab mir fast schon Sorgen gemacht ...
... aber wie es aussieht, hat er nur geschlafen.
Ha ha
Das tut er auch zu Hause.
Wie eine Katze.
Be-ehren Sie uns bald wie-der! ♡
Ich bin ein großer Fan. Sowohl von Tanuki als auch von Ihnen. ♡

Ich bin auch ein großer Fan dieses Salons.
Das Personal ist so nett und süß. ♡
Nicht wahr, Tanuki? ♡
Mädchen sind so süß. Das liebe ich an ihnen.
Ich betreibe hier in der Nähe ein Café. Kommt doch mal vorbei.
Wissen wir.
Das White Fang? Alle reden darüber ...
... wie gut der Inhaber aussieht. ♡
Wirklich?!
Small Talk macht mir Spaß.
Er kann noch so ausgiebig und belanglos sein.
Egal wie viele Lügen ich erzähle, ich bekomme kein schlechtes Gewissen.
Egal, wie sie mich ansehen, es verletzt mich nicht.

Selbst wenn sie mich irgendwann nicht mehr mögen sollten, mache ich mir keinen Kopf.
Ich muss mir nicht ausmalen, was für einen Tag die Person gehabt haben könnte …
… und sehne mich auch nicht danach, vor dem Schlafengehen noch in ihr Gesicht zu blicken.

Schau mal! Schau mal!
Sieht jetzt gepflegt aus, oder?
Ja.
Hast du dich schön verwöhnen lassen?
Tanuki?

Bwuff
Grmpf
Hm?
Woher kommt dieser Unmut gegenüber Tanuki?
Wieso bin ich denn jetzt auf den Hund sauer?
Zzz
Und wieso beneide ich ihn?
Natürlich, weil er jeden Tag faulenzen und schlafen kann, aber
... darum geht es jetzt nicht!
Ren?

...?
Äh
Was möchtest du zu Abend essen?
Wenn du Wünsche hast, nur her damit.
Geht das in Ordnung so?
?
Keine Scheu! Dann weiß ich, was ich kochen kann.
Das Essen meinte ich doch nicht.
Du hast mich gerade ...
... zum ersten Mal bei meinem Namen genannt.

Na und?
Ist doch nichts dabei.
Na ja.
Bisher hast du mich nie so genannt. Da dachte ich ...
... du hast dich vielleicht erinnert.
Nichts hat sich verändert.
Außerdem ist das doch kindisch.
Wenn ich ständig beim »Hey, du« bleibe, töten die Zwillinge mich noch mit ihren Blicken.
Aber kann es dir nicht egal sein, Haru?
Ist es mir aber nicht.
Nur was du darüber denkst ...
... spielt für mich keine Rolle.

Jetzt hör mal!
Ich hab nur deinen Namen gesagt. Bild dir darauf nichts ein!
Hör auf, den Verletzten zu spielen, bloß weil ich wieder was Gemeines gesagt habe.
Du bist doch sonst immer so emotionslos.
Ja ...
... dann ...
Aber was soll ich denn machen?
Ich bin nun mal in dich ...
Stopp!

Kein Wort mehr darüber!
Wenn du es laut aussprichst, muss ich am Ende noch nett zu dir sein.
Ich will Tanukis Sommerfrisur sehen. ♡
Haru?
Re...
Auf dem Papier ...
... bist du ja mein kleiner Bruder.

Reib
Ich hab mir ...
... für nächste Woche einen neuen Kuchen überlegt. ♡
Und ich hab mit Kiyoka schon besprochen, dass wir probeweise einmal in der Woche Desserts anbieten wollen.
Deshalb backe ich gerade fast jede Nacht unterschiedliche Kuchen, wenn ich nach Hause komme, und probiere sie. Mutterseelenallein.
Hey!
Ren-ren!
?
Was ist, Iku-yoshi?

Klingt anstrengend.
Ja, nicht?
Ich hab über die letzten zwei Wochen drei Kilo zugenommen!
Und weiter?
Deshalb ...
... wollte ich dich fragen, ob du vielleicht Lust hast, bei mir zu übernachten und mir zu helfen? ♡
Wenn dir das was bringt.
Dein Ernst?!
Das ist so lieb von dir! ♡
Hach, wie schön! Renren übernachtet bei mir! ♡
Juhuuu! ♡
Ich kann's kaum erwarten! ♡
Ah ja?

Was?!
Ren übernachtet für eine Weile bei dir, Ikuyoshi?
Ab heute?
Renren hat doch Sommerferien.
Außerdem wohne ich fast direkt um die Ecke.
Und notfalls sind auch Herr Onodera und Herr Takamura vor Ort. ♡
Wenn Ren damit einverstanden ist.
Mir ist es recht.
Gut, dann nur zu.
Mittags kommt er wieder, um im Café auszuhelfen.
Aber was heißt hier für eine Weile? Mehr als zwei Nächte ...
... gehören sich nicht für einen Oberschüler.
Und wer denkt, er sei siebzehn, hat mal gar nichts zu melden.
Ugh
Was ist mit Tanuki?
Den lasse ich hier.
Könnt ihr euch nachts um ihn kümmern?
Klar, machen wir.

Kommt ihr zwei wirklich allein klar?
Was ist mit Wäsche oder Essen?
Oh Mann!
Du bist wie eine Mutter, Haru!
Tagsüber kriegst du ihn doch wieder zurück.
Oh, fast vergessen. Kannst du ...
... schon zu meiner Wohnung vorgehen, Renren?
Hier, mein Schlüssel!
Ich muss mit Haru kurz etwas Geschäftliches besprechen.
In Ordnung.
Ist Renren ...
... nicht ein lieber Junge?
Was weiß ich?
Du kennst ihn doch aktuell besser als ich.
Das stimmt wohl.
Aber ich finde es nicht fair, dass du Renrens Zuneigung zu 100 Prozent für dich beanspruchst, obwohl du dich kein bisschen an ihn erinnern kannst.
Du übertreibst doch.

Find ich nicht.
Ich kenne dich sehr gut, Haru.
Deshalb weiß ich, dass du so etwas wie Liebe oder Beziehungen eher als Verbrauchsgut ansiehst.
Für dich ist es wie ein nie versiegender Brunnen.
Und egal wie viel du daraus trinkst, denkst du, dass man unendlich viel Liebe geben oder bekommen kann.
Das Bekommen kann ich so zwar nicht bestätigen …
… aber was hält mich davon ab, unendlich viel davon zu geben?
Da haben wir's!
Du bist so arrogant.
Was?!

Hör mal.
Siehst du nicht, dass Renren längst das Wenige, was er hat, in deine Hände gelegt hat?
Und du verlangst indirekt, dass er dir noch mehr gibt.
Weil du von so vielen Leuten immer so viel bekommst, siehst du nicht, wie wertvoll das ist, was er dir schon gegeben hat.
Renren hat schon alles in deine Obhut gegeben.
Er hat nichts mehr.

Ist das Kind, das etwas verloren hat ...
... oder das Kind, das nie etwas hatte ...
... ärmer dran?
SUPER LOVERS #31 ● Ende

SUPER LOVERS #32
Wann bin ich ...
... falsch abgebogen?
Als meine Eltern mich mit dem Auto abholen kamen?
Als ich nach Kanada flog?
Als ich länger blieb als geplant?
Oder war es bereits ...

...
ein Fehler, dass ich ihm in dem Sommer begegnet bin?

SUPER LOVERS
#32

Poff
Hm?
Poff
ぽす
Poff
ぽす
Mmh
Nanu?
Kratz
...
Ich suche ständig nach jemandem ...

... weiß aber beim Aufwachen nicht mehr, nach wem.
Tanuki!
Lass uns frühstücken und dann Gassi gehen.
Tanuki-Kuscheln?
Haru ist gerade nicht zu gebrauchen.
Deshalb brauchen wir ein Maskottchen als Kundenmagnet.
Was soll das sein?
eues Angebot: Tanuki-Kuscheln!
Unser kleiner White Fang wird sich etwas ins Zeug legen müssen.
Kiyoka hat ihr Okay gegeben. Tanukis Anwesenheit allein ist genug, damit sich die Gäste entspannen.
Oh nein!
Damit werde ich noch mehr zum Statisten!
Nicht wahr?

Ah! Haru! Guten Morgen!
Bist du allein?
Da fehlt doch wer?
Renren ist in der Schule.
Er muss sich wohl um die Ziegen kümmern.
Aber er hat doch Sommerferien.
Warum hat eine Schule Ziegen?
Keine Sorge. Bis Mittag ist er wieder zurück.
Er hat bei mir brav gefrühstückt, bevor er gegangen ist. Alles gut!
Na, dann ...
Kann es sein, dass Haru resigniert hat?

Das geht jetzt schon so, seit Ren bei Ikuyoshi übernachtet.
Wenn sie sich sehen, wechseln sie miteinander kaum ein Wort.
Trotzdem wirkt er total unruhig, wenn Ren nicht in der Nähe ist.
Tapp
Morgen!
Nanu?
Natsuo?
Du hier am Vormittag? Mal ganz was Neues.
Tanuki-Kuscheln? Was ist das denn?
Ist Ren hier?
Natsuo?

Ha ha ha
きゃっ
Hi hi hi
きゃっ
Das Angebot kommt ... unerwartet gut an!
Die Leute lieben ihn.
Zum Glück haben wir ihn aufgebrezelt.
Die Friseurkosten müssen sich doch irgendwie lohnen.
Gwang
Aber warum ...
... muss ich denn jetzt aushelfen?!
Wow! Du hast's echt drauf, Natsuo.
Bis jetzt musste ich die Küche allein machen.

Du und Amnesie? Verarsch mich nicht!
Du kennst die Rezepte doch alle noch!
Die letzten acht Jahre sind wie ausradiert.
Ohne diese Notizen wäre ich aufgeschmissen.
White Fang Rezepte
Die letzten acht Jahre?
Was ist dann mit Ren?
Alles weg. Als ich gehört habe ...
... dass wir jemanden adoptiert haben, dachte ich, sie meinen dich.
Ich hätte nicht gedacht, dass du zurück in Japan bist. Hatte gehofft ...
... wir würden uns nicht mehr so ähnlich sehen, wenn wir erwachsen sind, aber daraus wurde wohl nichts.
Ich hab dich mit einem Blick erkannt.
Was ist mit Ren?
Es sind doch Sommerferien. Wo steckt er?
Er kümmert sich um die Ziegen der Schule.
Ach so?
Er geht also noch in diese AG.
Die mit den Ziegen.
Wieso weißt du das alles?
Hier, bring das an den Tisch.
Versteht ihr euch etwa gut?

Ob wir ...
... uns gut verstehen? Na klar.
Schließlich bin ich dir wie aus dem Gesicht geschnitten.
Grmpf
...!
Er ist jetzt also wieder siebzehn?
Tanuki-Kuscheln?
Oh!
Ist man in dem Alter so kindisch?
Schön, dass du wieder da bist, Ren.
Nein. Noch nicht.
Hast du Mittag gegessen?
Hilfst du heute aus?
Ausnahmsweise ja.
Ich wollte nur nach dir sehen, aber dann wurde ich von den Zwillingen abgefangen.

Hm?
So ein heißer Kerl!
Was ist, Kiyo? Wenn du schon hier bist, kannst du auch helfen.
Wozu? Die Zwillinge sind da. Und sogar dein Cousin.
Es helfen genug Leute aus.
...
Er ist immer noch Host, oder?
Er sieht dir ähnlich. Wenn's hart auf hart kommt, werbe ich ihn vielleicht ab.
Mit Ren versteht er sich offenbar auch gut.
Mach doch, was du willst.
Wapp
Haru?
Wie du schon sagtest. Es helfen genug Leute aus.
Ich mach mal 'ne Pause.
Wie bitte?!

Ich hör wohl nicht recht! Weißt du eigentlich, dass wir die Verluste von deiner einwöchigen Abwesenheit noch nicht wieder reingeholt haben?!
Oh
Sag mal, Kiyo ...
Was?!
... kennst du eine Frau namens Ayumi Asakura?
Ayumi? Wer soll das sein?
Du kennst sie also auch nicht?
Seltsam.
Was ist?
Erinnerst du dich an etwas?
Nein.
Ich hab nur ein ganz komisches Gefühl.
Ich vermisse jemanden, aber ich weiß nicht wen.
Mein siebzehnjähriges Ich möchte die Person sehen, berühren und ihre Stimme hören ...
... aber iich komm einfach nicht drauf, wer das sein soll.
Wenn es um ...
... die Frau, in die du ...
... damals verliebt gewesen bist, geht, kann ich weiterhelfen.

Was?! Im Ernst?!
Wer ist es?! Wer?!
Nöö. Ich verrat es dir nicht. ♡
?!
Du bist echt das Letzte.
Das gebe ich gerne zurück.
Hast du sie hier schon gesehen? Nein, oder? Dann sollte dir klar sein, wie es mit ihr ausgegangen ist.
Das stimmt wohl.
Aber ...
Nichts, aber!
Elender Abschaum!
Für Frauen ist ein Verflossener, der nach acht Jahren plötzlich wieder auftaucht, nichts weiter als ein Albtraum.
Verstehst du, was ich meine, Nichtsnutz?!
J... Ja!

Außerdem bist du mittlerweile schon fünfundzwanzig. Wenn du in dem Alter anfängst ...
... einer flüchtigen Teenagerliebe hinterherzutrauern, läuft es mir eiskalt den Rücken runter.
Und nun an die Arbeit mit dir!
Na ja.
Ganz unrecht hat Kiyo nicht.
Aber ...
... jetzt bin ich mir ganz sicher, dass ich mir die Sehnsucht nach der unbekannten Person ...
... nicht nur eingebildet habe.
Gong
Haru?
?!
Was ist los?
Geht's dir nicht gut?

Nein. Es ist nichts.
Kiyo hat mir nur die Leviten gelesen.
Aha?
Aber dass Kiyoka schlechte Laune hat …
… ist nichts Neues. Mach dir nichts draus.
Wieso redet er mit mir …
… als wäre nichts gewesen, obwohl ich ihm neulich …
… so fiese Dinge an den Kopf geworfen habe?
Er lacht überhaupt nicht, scheint aber auch nicht sauer zu sein.
Wenn er mal den Mund aufmacht, kommt nur komisches Zeug raus.
Mein 25-jähriges Ich, das er beschreibt, ist mir echt unheimlich.
Krck Krck Krck
Er ist fast wie eine Puppe.
Aber ihn …
… finde ich noch viel unheimlicher.
Tanuki?
Wo hast du deine Kunden gelassen?

Du hast nur dein süßes Äußeres zum Punkten.
Waaas?
Also streng dich an und zieh mit deinem Charme Kunden an, hörst du?
Prust
Grmpf
Was?
Seit der Sache neulich ...
Na ja.
Wenn es um Charme geht, ist dir Tanuki auf jeden Fall überlegen.
Du bist stoisch und überhaupt nicht süß.
Ich bin eben kein Hund.
Dafür bin ich manchmal nützlicher als Tanuki.
Mag sein, aber ...
... als Kind lebt es sich doch besser, wenn man sich süß gibt, oder?
... kann ich ihn ...
Du bist genauso ein Kind wie ich, Haru.
Du fühlst dich einsam und willst nicht allein sein ...

... aber weil Aki und Shima nichts sagen, obwohl sie ebenfalls Vater und Mutter verloren haben ...
... traust du dich auch nicht, deine Gefühle zu äußern.
Das ist aber noch lange kein Grund, deinen Frust an mir auszulassen.
... echt nicht ausstehen.

Wieso ...
Als ob du ...
... ver-stehen könntest, wie ich mich fühle.
Du hast recht.
Im Gegensatz zu dir habe ich keine Familie. Also konnte ich auch noch nie jemanden verlieren.
Deshalb weiß ich nicht, wie du dich dabei fühlen musst.
Aber ich kann es mir vor-stellen.
Denn du bist für mich wichtig.
Und wenn ich daran denke, dich zu ver-lieren, tut es einfach nur schrecklich weh.

... kann ich ihn nicht einfach ...
Weil ich dich liebe.
... zurück-weisen?

Hey, Haru! Du hast morgen einen Termin bei Herrn Mori.
Vergiss das nicht!
Ich sag Ren Bescheid.
Wenn du blaumachst, dann ...
Ich geh ja schon.
Ich bin doch kein Kind mehr. Seid ihr meine Mutter, oder was?
Deine Unzuverlässigkeit in der Vergangenheit spricht Bände.
Ich geh ins Bett.
Sind sie nicht gemein, Tanuki?
Von wegen kein Kind mehr!
Seit Ren nachts nicht mehr nach Hause kommt, braucht er Tanuki zum Schlafen. Wenn das nicht kindisch ist, dann weiß ich auch nicht.
In der Hinsicht sind sie sich wirklich ähnlich.
Auch wenn Ren reifer ist als dieser siebzehnjährige Haru da.

Hmm, wo ist noch gleich meine Patientenkarte?
Bei den ganzen Karten verliere ich total den Überblick.
Klack
Hm?
Asakura? Ach ja ...
... die Frau von neulich.
»Wir waren uns so ähnlich. Auch darin ...
... dass die Familie für uns zuerst kommt. Das ändert sich wohl nie.«
Eine Person, die weder den 17-jährigen noch den 25-jährigen Haru kennt ...
... sondern mich.

Medizinisches Versorgungszentrum
Poliklinik
Ren.
Geh ruhig schon heim.
Ich hab noch was vor.
Was denn?
Ich komm mit.
Nein, lass gut sein.
Ich hab bloß noch ein Date. ♡
Lächel
Wie hat er das nur wieder angestellt?
Chapeau!
Die Frauen lassen ihn wohl einfach nicht in Ruhe.

Bist du neu-gierig?
Ja. Ich will nicht …
… dass er irgendeiner dahergelaufe-nen Frau ins Netz rennt.
Das gefällt mir.
Du klingst schon wie der coole ältere Bru-der von Haru. ♡
Wieso beschattest du ihn nicht? Wird sicher lustig. ♡

Also doch eine Frau.
Das hat man ihm gar nicht angemerkt.
In solchen Momenten ...
... wird mir immer bewusst, dass Haru und ich grundverschieden sind.
Er hat die Wahl. Er kann sich auch in jemand anderen als mich verlieben.
Die Leute stehen auch so bei ihm Schlange.
Wahrscheinlich war unser bisheriges Verhältnis für ihn auch weit entfernt von einer Liebesbeziehung.

Was habe ich mir nur ...
... vom siebzehn-jährigen Haru er-hofft?
Ich gehe ...
Ren-reen!
Lass uns ...
... Wasser-melone es-sen! Die mei-ner Oma sind Weltklasse! ♡
Die ist ja riesig.
Ja, oder?
Ein Pracht-stück.
Eine Hälfte bringe ich morgen zu Herrn Onode-ra und Herrn Takamura. Die passt bei mir ...
... sonst nicht in den Kühl schrank.
Riesig

Wäre es nichts für ein Dessert? Das ist doch deine Spezialität.
Hmmm, Wassermelonen esse ich eigentlich am liebsten so.
Als Gelee schmecken sie nicht mehr so intensiv. Zu wässrig.
Aber eingelegte Wassermelonenschale schmeckt echt gut.
Wusstest du, dass Melonen Kürbisgewächse sind?
Willst du das mal probieren?
Reis passt immer dazu.
Klingt gut.
Sag mal, Ren-ren.
Du bist schon eine ganze Woche bei mir. Wie geht es dir?
Hast du kein Heimweh?
Nein.
In dieser Wohnung hat Haru mal gewohnt.
Ich für ein halbes Jahr auch. Hier zu sein entspannt mich.
Und auch die Eule wirkt beruhigend.
Ich bin außerdem gerne bei dir.
Hi hi hi! Ach so. ♡
Mir macht es auch Spaß, Zeit mit dir zu verbringen. ♡
Mich wundert nur, dass Haru ...
... zwar seine jüngeren Brüder wie einen kostbaren Schatz behandelt ...
... er aber nicht bemerkt, dass seine Brüder sich so auch ihm gegenüber verhalten.
Echt seltsam.
Meinst du?

...
Du, Ren-ren!
Was denn?
A... Auch wenn Haru seine Erinnerungen nicht zurückerlangen sollte, bleibt er immer noch dein großer Bruder!
Und vergiss auch Aki und Shima nicht, ja?
Ach ja! Und Natsuo u... und ...
... äh ...
Ganz ruhig.
... mich!
Uwah! Jetzt hab ich's gesagt.
Ich kann auch dein großer Bruder werden!
Nein, danke.
Uwäääh! Buhuu!

Hm?
Wo ist Haru?
Der hat sich längst mit Tanuki in sein Zimmer verkrochen.
Aha.
Wie lange er ...
... wohl noch so bleiben wird?
Er war ...
... schon immer recht anpassungsfähig. Mir macht es nichts aus, wenn er so bleibt ...
... aber dass er sich nicht an Ren erinnert, wirft hier alles durcheinander.

Ren kommt nicht nach Hause und Tanuki wird die ganze Zeit von Haru beschlagnahmt.
Mir ist langweilig!
Sollen wir ihn mal probehalber die Treppe runterstoßen?
Die Idee ist gar nicht schlecht …
… sie hilft mir allerdings nur, meinen eigenen Stress abzubauen. Ich glaube nicht, dass es an Harus Dummheit was ändert.
Denn dumm …
… war er schon vor seiner Amnesie.
…
Ich hatte ein ganz ungutes Gefühl.
Als ich sie sah, wurde es mir sofort klar.
Natsu.
Danke, dass du mich angerufen hast.
Jeden Tag hatte ich darauf gehofft.
Ich wollte dich nämlich auch noch das ein oder andere fragen.
Klar.

Du meintest ja, dass dir die Erinnerungen an die letzten acht Jahre fehlen? Alles okay?
Kann ich dir irgendwie helfen?
Ha ha, es geht schon. Die meisten Probleme haben aktuell eher meine Brüder.
Nur, dass ich nicht weiß, wie ich mein Handy benutzen soll, nervt ein wenig.
Ach so?
Darf ich mal? Ich kann dir zeigen, wie es geht.
Sie ist nicht die Person, die ich sehen will.
Das ist nicht die Stimme, die ich hören will.
Weißt du, meine kleine Schwester ist auch Oberschülerin.
Es kostet viel mehr Geld als gedacht. Das ist manchmal nicht leicht.
Meine Mutter ist chronisch krank und kann nicht Vollzeit arbeiten.
Deshalb muss ich mich um alles kümmern.
Als Ältester kannst du dich bestimmt auch nicht vor der Verantwortung drücken.
Wieso nur?
Immer müssen wir für die anderen zurückstecken.

Ent-schuldigen Sie ...
... dürfte ich bitte wieder gehen?
Was?
Tut mir leid.
Die Rechnung geht auf mich.
Wir sehen uns!
Ähm?
Natsu?
Das Gesicht, das mir in den Sinn kommt, gehört jemandem, den ich nicht ausstehen kann.
»... aber weil Aki und Shima nichts sagen, obwohl sie ebenfalls Vater und Mutter verloren haben ...
... traust du dich auch nicht, deine Gefühle zu äußern.
Das ist aber noch lange kein Grund, deinen Frust an mir auszulassen.«
Grr

Aber er bleibt ein vorlauter Rotzbengel.
Pschaaaah
Oha, es hat angefangen zu schütten.
Der Taifun kommt offenbar näher.
Auch die Bar bleibt heute geschlossen.
Haruu! Tut mir leid!
Darf ich heute schon Feierabend machen?
Was?
Klaro. Bei dem Wetter werden wahrscheinlich keine Kunden kommen.

Stimmt etwas nicht?
Mein Bruder hat mich gerade angerufen. Ich muss sofort zu meinen Eltern.
Der Taifun wird unsere Felder direkt treffen. Unsere Gewächshäuser halten dem nicht stand.
Was? Klingt übel.
Kann ich helfen?
Nein, Ungelernte sind uns keine Hilfe. Trotzdem danke.
Ich muss gehen, bevor die Züge nicht mehr fahren. Also dann, schönen Feierabend.
Dir auch. Komm gut heim.
Ach ja. Renren passt gerade auf meine Wohnung auf.
Meine Eule ist zwar bei Herrn Onodera, aber um sicherzugehen, wird Ren heute bei mir übernachten.
Geht klar.
Ich rufe ihn später an.

Wird er heute bei Ikuyoshi übernachten?
Ganz allein?
Ja.
Er hat angeboten, die Wohnung zu hüten.
Ich frag ihn später am Telefon, wie er es mit dem Abendessen regelt.
Wieso holt ihr ihn nicht endlich zurück? Er ist schon zwei Wochen bei ihm.
Wozu muss er denn seine Wohnung hüten?
Sag ihm das doch selbst.
Am Handy.
Grr!
Oh!
Apropos Handy.
Weißt du, wie ich eine Nummer blockieren kann, Aki?
Hä?
Hey! Du hast es ja gar nicht an.
Wozu hast du dann überhaupt eins?
Wieso blockieren?
Telefonterror?
Ja ...
Sozusagen ...

Der Taifun Nummer 18 gewinnt an Geschwindigkeit …
… und bewegt sich gen Norden. Er wird wahrscheinlich bald bei Kanto an Land gehen.
Oje!
Ob die Felder von Ikuyoshi das überleben werden?
Pschaaaaah
Shima?
Hmm
Ren hat offenbar sein Handy nicht an.
Ich kann ihn nicht erreichen.
Und das Festnetz?
Ikuyoshi hat nur Mobilfunk.
Ich gehe später hin und schau nach dem Rechten.
Unruhig
Doch nicht von Kunden? Sag nicht, du hast ihnen deine Nummer verraten?
Wenn es überhandnimmt, lass ich deine Nummer ändern.
Ah … Nun ja.
Tut mir leid.

Plitsch
Polter
Polter
Polter
Knarz
Knarr
Krrie
Knarr
Krrie
Alles wackelt …
Das hier ist echt eine Bruchbude.
Knarr
Krrie
Blubber
Auch wenn Haru sich nie mehr erinnern wird …
… kann ich damit leben.
Ich muss mir sagen, dass meine Kindheit, in der er bedingungslos nett zu mir wahr, einfach vorbei ist.
Das passt doch, weil ich schnell erwachsen werden wollte.
Oder nicht?

Dass jemand sanft meinen Namen ruft und ohne Wenn und Aber meine ausgestreckte Hand nimmt ...
... war einfach zu gut, um wahr zu sein.
»Ich liebe dich, Ren.«
Es war bloß ein schöner Traum.
Hätte er es wenigstens noch einmal gesagt.
Wirklich schade.
Ding
Ding
dong
Ding
dong
dopong
Zuck
?!
Hey! Ren!
Mach auf!!
Bist du da?!
Ren!
Ren, hörst du?!
Bumm
Bumm
Bumm
Ich komme!
Warte doch!

Du bist doch echt ...
Reagier gefälligst, wenn du da bist!
Ich war in der Badewanne.
Ich meine dein Handy!
Handy?
Kein Saft mehr ...
Mann! Deinetwegen bin ich klitschnass.
Den Schirm hätte ich mir bei dem Sturm sparen können.
Der Taifun wird bald hier sein.
Was läufst du auch draußen rum?
Weil du einfach nicht zu erreichen warst. Aki wollte unbedingt, dass ich nach dir sehe!
Hätte nicht gedacht, dass es so ein heruntergekommenes Apartment ist.
Hab echt lang gesucht.
Hm?
Was hast du, Haru?
Du erkältest dich noch. Los, trockne dich ab.

War ich hier schon mal?
Ach so.
Verstehe.
Es ist kein Wunder ...
... dass es dir bekannt vorkommt. Du hast hier mal gewohnt.
Und ich auch ... aber nur kurz.
Aha?
Die Möbel hast du für Ikuyoshi dagelassen.
Erinnerst du dich?
Nein ...

Ach so.
Hör mal!
Was soll dieses Seufzen?!
Ich bin schon mit meinem Alltag überfordert.
Wie soll ich da jedes Mal in mich hineinhören, ob mir etwas bekannt vorkommt?
Ist doch nicht meine Schuld, dass ich mich nicht erinnern kann.
Okay, tut mir leid.
Dir lag viel an dieser Wohnung. Deshalb hatte ich gehofft, dass du ...
Grmpf
Haru?
Mir lag etwas an der Wohnung?
Das ist doch nur eine Bruchbude.
Das stimmt, aber ...

... du hast schon in dieser Wohnung gelebt, als ich zum ersten Mal nach Japan kam.
Damals stand im Zimmer nur das Nötigste.
Durch unser Zusammenleben wurden es dann immer mehr Dinge.
Du kauftest neue Vorhänge, neues Geschirr und auch ...
... ein Bücherregal nur für mich. Es war schön, wie sich das Zimmer nach und nach veränderte.
Anfangs war es so leer. Das hat überhaupt nicht zu dir gepasst.
Du spielst ...
... echt nicht fair.
Grmpf
Was meinst du?
Du dachtest wohl, ich würde dich nicht länger abweisen ...
... und nett zu dir sein, wenn du einen auf Bruder machst?
Als würde ich deshalb nach deiner Pfeife tanzen!

Erwartest du, dass ich dir als kleinem Bruder alles durchgehen lasse ...
... und dich an meiner Seite akzeptiere?
Ich habe keine Lust, mir von dir deine komischen Gefühle aufdrängen zu lassen.
Das kannst du dir sparen!
... hab ich nicht vor, für dich nur ein Bruder zu sein.
Wie ich schon sagte ...
Hast du mir überhaupt zugehört?!
Aber ich werde auch ...
... keinen Rückzieher machen.
Ich werde deine Hand nicht loslassen, auch wenn du mich zurückweist.
Ich bin fest entschlossen, dich für mich zu gewinnen.

...
Bist du so besessen von mir?
Das bin ich.
Aha.
Also gut!
Ich war sowieso auf der Suche nach einem Ding für zwischendurch.
?
Du willst also meinen Körper? Nur zu.
Mir ist es gleich.

N... Nein, das ist es nicht, was ich will.
Zwing dich zu nichts.
Mach's nicht so kompliziert.
Willst du es jetzt mit mir machen ...
... oder nicht?
...!
Ich will es ...
Es ist nichts weiter dabei.

Pschaaaah
...!
KÜSS

Du riechst echt gut.
Das gefällt mir. ♡
Küss
Hah
Ich rieche gut?
Körperlich muss es natürlich auch passen, aber der Duft ist wichtig.
Vor allem, wenn man mit einem Kerl Sex haben möchte.
Was denkst du darüber?
Ich …
… mag deinen Geruch auch.
Aber wie ich selbst rieche, weiß ich nicht.
Na ja. Wer weiß …
… das schon?
…
Ich wollte dich schon immer mal fragen …
… wie weit mein 25-jähriges Ich schon mit dir gegangen ist.
Erzähl mir nicht, dass du keinerlei Erfahrung hast.
!!

Jetzt echt?!
Das ist ein Witz, oder?! Du hast mich mit null Erfahrung so provoziert?!
Hast du mich etwa verarscht?!
Hab ich nicht! Es ist nicht mein erstes Mal!
Ach ja?
Für mich ist es das erste Mal mit einem Kerl. ♡
Sicher kannst du mich führen
Verrate mir, wie weit wir schon gegangen sind.
…
… Finger …
Finger?
…
…
Hey …

Du hast deinen Finger benutzt ...
Aha?
Ich hab da im Grunde keine Hemmungen. Ich dachte nur, wir hätten es ...
Interessant.
... längst bis zum Ende gebracht. Wenn's jemand drauf anlegt, sag ich normalerweise nie Nein.
Mein jüngster Bruder Ren.
Als großer Bruder habe ich ihn sicherlich mit Samthandschuhen angefasst.
Aber ...
... wen kümmert's?!
Wie langweilig ...
Murmel
Haru?
Das nennt man nicht Sex ...
... sondern Fummeln.

Lass uns richtigen Sex haben. ♡
Ich werde das, was mein 25-jähriges Ich versucht hat zu beschützen ...
... zugrunde richten!
Ha...
... Haru! Mehr ...
... geht nicht.
Nichts da!
Ich hab doch nur einen Finger drin.
Hi hi

Komm schon! Heb deine Hüfte etwas an.
N... Nein, das tut weh.
Ständig sagst du nur Nein.
Lass doch ein bisschen locker, Ren.
...!!
Komm! Sei ein braver Junge.
Küss mich!
Küss
Hngh

Na also.
Hah
Hah
So sensibel, wie du reagierst, kannst du sicher auch mit anderen Kerlen deinen Spaß haben.
Küss
Haah
Wenn dir ein Finger zum Kommen reicht, ist dein Körper vielleicht dafür gemacht.
Wenn du magst, kann ich Kiyo mal fragen ...
... ob sie dir jemanden vom anderen Ufer vorstellen kann.
Hm?
Ob Ikuyoshi hier Kondome rumliegen hat?

Er ist ein erwachsener Mann.
Irgendwo müsste er doch welche haben.
Weißt du, wo sie sein könnten?
Nein.
Keine Ahnung.
Schade.
Aber ohne geht auch nicht.
Ren?
Tropf
Was ist?
Tut dir was weh?
Nein.
War es dir unangenehm?
Du klangst nicht so begeistert.
Nein.
Vergiss es einfach.
Es geht dich nichts an.

Mir wurde nur klar, dass ich wohl …
… zu viel auf mich gehalten habe.
Lass mich in Ruhe, Haru!
Re…
Ren?
Ren!!
Wa…
Wo-hin gehst du?
Draußen tobt ein Taifun!
Und es ist mitten in der Nacht.
Sei still!
Fass mich nicht an!

Ich will einfach nur von dir weg!
Es regt mich ja selbst auf!
Wieso?!
Machen wir nicht weiter?!
Natürlich nicht!
I... Ich möchte es nur mit dir tun und keinen anderen ...
... vorgestellt bekommen.
Aber dann kommst du mit Kiyo ...
Da könnte ich echt kotzen!
Ich hasse dich!

…
Was ist das denn? Mein Herz!
Stech
Stech
Dass er geweint hat, weggelaufen ist und gesagt hat, dass er mich hasst, tut so weh.
Ich glaub, ich sterbe! Warum?!
Hä … Moment! Seine Schuhe sind noch da?
Ist er etwa barfuß aus dem Haus?!
Ernsthaft?!
Hä? Wieso kommt mir das Ganze so bekannt vor?
»Weil ich dich liebe.«
Wie dumm …
… bin ich eigentlich?
Jemand ließ mich schon mal zurück und ich war so geschockt …
… dass es nicht auszuhalten war und ich ihm hinterherjagen musste.

Ich habe dafür sogar den weiten Ozean überquert.
Ren!!
Lass mich los! Fass mich nicht an!
Geh doch!
Aber ohne mich!
Verdammt, nein!
Sieh deine Füße doch an.
Ist gut. Beruhig dich erst mal.
Lass uns nach Hause gehen, okay?
Voller Schürfwunden.
Du kannst doch nicht barfuß rausrennen!
...!
Morgen wird dir das Laufen bestimmt schwerfallen.

Na ...
... und wennschon.
Es geht nicht.
Es tut einfach weh.
Wein doch nicht, Ren.
Das war alles mein Fehler. Verzeih mir.
Ich habe ihn zum Weinen gebracht und ihn wütend gemacht.
Tut mir wirklich leid.
Zum ersten Mal fällt mir auf, dass ich Ren Seiten von mir zeige, die sonst nicht einmal Aki oder Shima zu Gesicht bekommen.
... weil ich meine Gefühle nicht kontrollieren kann.
Ich sag bestimmt nichts Gemeines mehr.
Tut mir leid.
Und alles nur ...
Natsu?

Ich hab dich gesucht.
Wieso ... gehst du nicht ans Handy?
Hast du so viel zu tun?
...?
Frau Asakura?
Was machen Sie denn hier?
Bestimmt hast du das. Du musst dich ...
... rund um die Uhr um deine Brüder kümmern.
Jetzt gerade auch. Der jüngste nimmt dich so sehr ein, dass du nicht mal mehr Zeit hast ...
... meine Anrufe zu beantworten.
Dabei haben wir uns doch so gut verstanden.
Immer kommt er uns in die Quere.

Deshalb ...
... töte ich ihn für dich.
Krrrk
Nicht!
Was zum ...?!
Haru!

S p c h a a a a h
Kyah!
Haru!
Bleib, wo du bist!
Zuck
N... Natsu...?!
Ich hab dir doch gesagt ...
... du sollst in solchen Momenten weglaufen!
Du blu-test ja!
Schnell, wir müs-sen ins Kranken-haus!
Frau Asa-kura.

Hatte ich Ihnen nicht gesagt …
… Sie sollen sich nicht wieder vor meinen Brüdern blicken lassen?
Mehr nicht. Deshalb dachte ich …
Warte doch!
Wir brauchen einfach nur etwas mehr Zeit.
Autsch!
Was reden Sie da für einen Unsinn?
Ren, gib mir mein Handy aus der Jackentasche.
Du bist mein Zeuge. Wir rufen die Polizei.

Haru?
Alles in Ordnung mit deiner Hand?
Es tut weh, aber als Beweis reicht es allemal.
Wähl die 110.
Tut mir leid, dass du diese grässliche Sache mit ansehen musstest.
Sag mal ...
... du ...
... kannst dich wieder erinnern?
Hm?
Huch?
Ich ...
... glaube schon?
Psch
Der verarscht mich doch?!
aaaaah
SUPER LOVERS #32 ● Ende

Als Haru ein zweites Mal sein Gedächtnis verlor und innerlich wieder siebzehn wurde ...
... passierte eines Tages Folgendes.
SUPER LOVERS #32.5
Das heißt, er ist fast genauso alt wie ich?
Hey, hör mal, Ren.
Du bist sein Bruder. Also tu einfach so, als wäre nichts gewesen ...
... und lass ihn nicht aus den Augen. Sonst nimmt ihn dir eine andere Frau noch weg.
Was?!

Du möchtest ihn nicht aufgeben, oder? Mach dir keine Sorgen.
Er konnte dir noch nie widerstehen, wenn du in die Offensive gegangen bist.
Du sagst das doch jetzt nur so.
Auch als du zum ersten Mal nach Japan kamst und ihn vor vollendete Tatsachen gestellt hast, hat er sich an nichts erinnert …
… und trotzdem konnte er bald schon nicht mehr genug von dir bekommen.
Geh die Sache einfach so an, als würdest du sein Herz noch mal erobern wollen.
Gong
Aki?
Aber erwarte nicht, dass wir dir helfen oder dich unterstützen.
Noch mal erobern?
Wie?
Nanu?

Ähm ...
Du bist heute aber früh dran.
Ich war joggen. Morgens ...
... sind kaum Menschen unterwegs und es ist noch kühl.
Aha.
Ich mach Frühstück.
Willst du auch was?
Das wäre nett.
Shima war gestern einkaufen. Ich denke, dass ich so ziemlich alles zubereiten kann.
Schön.
?
Haru?
Hm?
Ach, nichts.

Ich wundere mich nur, dass ich noch weiß, wo all die Sachen sind, obwohl ich mich nicht erinnern kann.
Schon seltsam.
Ich mich nicht.
Schließlich hast du dieses Haus selbst ausgesucht. Besonders bei der Küche wolltest du keine Kompromisse eingehen.
Aha?
Das ergibt Sinn.
Aber weil sie an dich angepasst wurde, ist sie für mich schrecklich unpraktisch.
So ein Mist!
...
Deshalb wurde sie komplett neu gemacht und die Höhe an deine Körpergröße angepasst.
Bestimmt kann sich dein Körper einfach noch daran erinnern.
?!

Schnüff
Was zum ...?!
Haru! Was soll das?!
Schnüff
Schnüff
Hm?
Schon ...
... möglich.
Hey!
Du hast doch gerade gesagt, dass mein Körper sich an die Dinge erinnert.
Dein Geruch fühlt sich irgendwie nostalgisch an.
Hmm?

Was wird das so früh am Morgen?
Hast du Tanuki gefüttert?
Ah! Ganz vergessen!
Ist das Tanukis Futter?
Wieso Diätfutter?
Sieht man doch.
Dieser verdammte Mistkerl.
Erinnern tut er sich nicht, macht aber dann so was.
Bist du fett?
»Dein Geruch ...«
Wieder ist er kurz davor, mein Herz erneut zu erobern und kommt mir einfach zuvor.
...!
SUPER LOVERS #32.5 ● Ende

Nachwort

Vielen Dank, dass ihr *Super Lovers* Band 11 gekauft habt. ♡

Während ich nochmal Revue passieren ließ, worum es in Band 11 ging …

Neues über mich

In bin Stammkunde bei einer Bäckerei um die Ecke. Seit sie in einem Magazin oder im Fernsehen vorgestellt wurde, kann ich mein Toastbrot nur noch mit Vorbestellung kaufen …

Waaaaas?!

Sonst esse ich eigentlich eher Reis.

☆ Das war Band 11 mit dem zweiten Gedächtnisschwund. Ich liebe Amnesien. ♡ Eigentlich wollte ich, dass er für eine Weile noch so bleibt, aber der Todesblick meiner Redakteurin ließ mich umdenken. Schade. Übrigens liebe ich es auch, wenn Ren mit Schicksalsschlägen konfrontiert wird.

☆ Ich wurde von so vielen Menschen unterstützt! Vielen herzlichen Dank!

Bis dann!

altraverse

Deutsche Ausgabe / German Edition

Aus dem Japanischen von Hana Rude

SUPER LOVERS Volume 11

First published in Japan in 2017 by KADOKAWA CORPORATION, Tokyo.
German translation rights arranged with KADOKAWA CORPORATION, Tokyo
through TUTTLE-MORI AGENCY, INC., Tokyo.

Redaktion: Anne Faltin
Herstellung: Stephanie Gieck
Lettering: Vibrant Publishing Studio

Druck: CPI books GmbH, Leck
Printed in Germany

MIX
Papier
FSC FSC® C083411

ISBN 978-3-96358-072-7
1. Auflage 2021

www.altraverse.de